El Castill

Para Karla Janet, mi sobrina

Había una vez, hace mucho tiempo, un lugar ártico donde las montañas estaban cubiertas por gigantescos copos de nieve. Los pinos, altos y coníferos, eran completamente blancos desde la raíz hasta la punta, y las veredas parecían tapizadas de algodón. Muchos pajarillos quedaban inmóviles ante los gélidos vientos que les congelaban las alas, quedando inermes y a merced del frío. Los osos polares hibernaban y los pingüinos se resfriaban por el clima tan extremo de aquel lugar.

En medio de ese paisaje existía una pequeña villa donde las heladas nunca cesaban. Los vidrios de las cabañas estaban endurecidos, duros como roca glacial. Los jardines cubiertos de nieve simulaban estar espolvoreados con azúcar, y los pétalos de las flores escarchadas, se quebraban al caer, frágiles como el cristal. Los techos, cubiertos de nieve, parecían entrecanos, y solo por los bordes se asomaba la madera congelada de un tono azul tenue. Desde afuera, el fuego de las chimeneas podía verse parpadeando débilmente tras los vidrios opacos, como si el hielo mismo intentara ocultarlo.

En el centro de la villa había una plaza, en cuyo centro estaba lago congelado. A través del agua del lago, se podía ver a los peces plateados que descansaban bajo la superficie helada. Cerca de ahí se alzaba una iglesia de vitrales cuarteados, unidos apenas por el hielo que sellaba cada grieta. El viento soplaba sin descanso, helando todo lo que tocaba.

¿Pero siempre había sido aquel un lugar tan frío? No, mi lector. No siempre fue así. Todo comenzó cuando se construyó el castillo de hielo.

En aquel entonces, la primavera imperaba en la villa. El rey de ese lugar era un hombre dichoso, y el motivo de semejante alegría era su hija de nombre Karla Janet, cuya presencia llenaba de vida cada rincón del castillo. En su jardín, adornado con hermosos arbustos, la princesa corría libremente mientras el viento le movía sus largas crines color alazán. Cantaba melodías suaves y, con sus delicadas manos, parecía dibujar en el aire una sonrisa celestial.

Su padre la contemplaba desde el balcón del castillo que daba al jardín. —Cántame —le decía—, alégrame el corazón con tu hermosa voz.

Ella se acercaba al balcón, unía sus delicadas manos y comenzaba a cantar. Las flores se erguían, y los pajarillos acompañaban su voz con dulces trinos. El rey, encantado, se retiraba después al interior del castillo, sereno y feliz.

El rey tenía una pasión peculiar: le gustaba coleccionar las flores más exóticas del reino. Solía enviar a sus vasallos a buscarlas, pagándoles con oro o incluso con libertad. Las flores eran su mayor debilidad.

Un día reunió a todos sus vasallos en el salón principal. Esperaba que le mostraran alguna nueva maravilla. Uno de sus siervos se acercó llevando de la mano a un pequeño niño. —Dile, hijo, lo que viste en el bosque, a las afueras, cuando vagabas —le pidió el hombre.

El niño, intimidado por la figura del rey, guardó silencio. El siervo se adelantó: —No se enoje, mi señor. Lo que voy a decirle lo alegrará por siempre. Mi pequeño encontró una rosa azul en el bosque, dentro de una gruta escondida bajo un árbol. Temió tomarla por miedo a ser castigado. Además, me dijo, que cree que la flor quizá tenga dueño, pues está protegida por una campanilla de cristal.

El rey se levantó emocionado y ordenó que un grupo de hombres acompañara al siervo para traer aquella flor maravillosa.

A la mañana siguiente, el rey salió temprano al balcón. Vio a su hija, la pequeña princesa, arrodillada sobre un pedestal, recitando versos sobre la belleza de la naturaleza.

—Recita para mí —le pidió—, alégrame el corazón con tu inspiración.

Ella le habló de las nubes, los cristales, los colores, la luz y el amor. El padre regresó y se sentó en el trono con el alma tranquila y el corazón lleno de esperanza.

Más tarde, reunió nuevamente a sus vasallos. El mismo siervo que había hablado el día anterior se acercó con un pañuelo entre las manos. Lo descubrió lentamente y dijo:

—Aquí tiene, mi rey, lo que le prometí: una rosa congelada.

Ante los ojos incrédulos del monarca apareció una campanilla de cristal con una rosa azul cielo en su interior. El rocío de sus pétalos estaba congelado, como si fueran diminutas perlas de hielo. Las espinas, transparentes y de puntas azuladas, parecían talladas en cristal; el tallo, cuarteado pero firme, brillaba con un resplandor encantador.

—¡Qué hermosa flor! —exclamó el rey—. Esta será mi favorita.

De inmediato otorgó la libertad a su siervo como recompensa y ordenó colocar la campanilla en el centro del jardín principal, donde pudiera observarla desde la ventana del salón del trono.

Al día siguiente, el rey volvió a asomarse desde el balcón. Encontró a su hija orando por el bien del mundo, la redención y el amor al prójimo. —Ora por mí —le dijo—, alegra mi corazón con tu fe.

La princesa rezó en voz alta por su padre, por la villa, por los campos y las lluvias. El rey, conmovido, volvió al comedor y comió en paz.

Esa tarde, mientras la princesa se disponía a orar de nuevo, una ventisca helada la envolvió por detrás, sintió un escalofrío recorrerle la espalda y una voz silbante pareció llamarla. Siguiendo aquel susurro, cruzó un pequeño puente que conducía al jardín central. Allí vio el pedestal donde su padre había colocado la rosa congelada.

Se quedó maravillada. Cuanto más se acercaba, más sentía cómo el frío le entumecía la sangre. Quería tocarla, olerla, descubrir el misterio de su aspecto. Finalmente, levantó la campanilla de cristal. Su aliento tibio se desvaneció al chocar con el aire helado. En ese instante, una pequeña tormenta de nieve comenzó a formarse sobre el jardín.

La princesa no se detuvo. Tomó la rosa con sus finos dedos, y en cuanto la tocó, una capa de hielo comenzó a formarse sobre su mano, extendiéndose rápidamente por todo su cuerpo. No tuvo tiempo de soltarla. En un instante, quedó completamente congelada.

Al amanecer, el rey se despertó esperando oír la voz de su hija. No la encontró. Bajó al jardín, inquieto. Una brisa helada recorrió su cuerpo y sintió un mal presentimiento. Siguió aquel viento hasta el jardín central, donde cayó de rodillas al verla encerrada en un sarcófago de hielo, sosteniendo la rosa azul.

Cuando recobró el sentido, mandó llamar a todos sus vasallos. Intentaron romper el hielo con todas sus fuerzas, pero ni el más fuerte logró causarle daño alguno. Entonces el rey gritó: —¡Buscad al hombre que me trajo esa flor!

Poco después, el siervo fue llevado ante él. —¡Te maldigo! —vociferó el rey—. ¿Qué le has hecho a mi hija?

El siervo no supo qué responder y fue encarcelado.

Esa noche, el rey, desesperado, meditaba solo en su habitación. De pronto, una ventisca abrió las puertas. El aire helado se arremolinó en el centro del cuarto y tomó forma nebulosa.

—Soy el frío —dijo la voz—, dueño del invierno y de los perpetuos glaciales. Tu hija, por curiosidad, tocó una de las flores que planto en el mundo. No existe remedio para ese mal. Cuando el hielo que la cubre se derrita, vendré por ella y la llevaré a mi jardín eterno. De su cuerpo nacerá otra flor como esta, y la ocultaré donde nadie pueda hallarla.

El rey suplicó: —Te daré lo que pidas, incluso mi corazón, si la devuelves.

—No deseo nada —respondió el frío—. No podría poseer tu corazón, pues lo congelaría al instante. Aprovecha los momentos que te quedan para contemplarla, porque pronto regresaré por tu hija y por la rosa congelada.

Dicho esto, el torbellino se disolvió en la oscuridad.

El rey lloró amargamente. Observó cómo el hielo sobre su hija comenzaba a derretirse levemente y comprendió lo que debía hacer. Reunió de nuevo a sus vasallos y les dijo con voz decidida: —Derrumbad este castillo. Traed piezas de los perpetuos glaciales y construid uno nuevo. Mantened frío el sarcófago que guarda a mi amada hija.

De inmediato comenzaron las obras. Todo el antiguo castillo fue destruido y, piedra a piedra, se levantó uno nuevo, hecho completamente de hielo traído desde el Polo Norte.

Trajeron una laguna entera, congelada desde el fondo hasta la superficie, arrastrada con esfuerzo por setecientos cincuenta hombres. Sobre ese espejo de hielo levantaron un gran puente transparente, tan puro que parecía hecho de cristal y de aire. Sus cadenas, heladas y brillantes, obedecían los gestos del rey, subiendo y bajando como si tuvieran vida propia. Con enormes bloques de hielo, los artistas de la villa moldearon torres y muros, cuidando cada detalle hasta que el castillo pareció una escultura nacida del invierno. Desde lo más alto caían finas plumas de nieve, que el viento esparcía como si el propio cielo las soltara en honor a la princesa dormida.

El rey ordenó levantar gruesas murallas de hielo que devolvían la luz del sol como espejos gigantes. En el jardín central dispuso arbustos congelados y, en el centro, un pedestal tallado en un iceberg. A su alrededor se alzaban gruesas agujas de hielo que rodeaban el sarcófago donde reposaba la princesa.

Con el tiempo, el hielo del sarcófago dejó de derretirse y volvió a endurecerse hasta recuperar su forma original. El rey, sentado en su trono escarchado, la contemplaba con tristeza, sabiendo que nada más podía hacer.

Una noche, cuando la obra del Castillo de Hielo estuvo terminada, el frío regresó. El rey lo enfrentó con rabia:
—¡Descongélala si puedes! —gritó—. ¡Descongélala si tienes calor para hacerlo!

El frío lo observó en silencio y respondió: —Eres astuto, rey. Te quedas con mi flor y con la tuya. No puedo deshacer lo que ya hice. Pero recuerda: El frío no pertenece al invierno; el invierno pertenece al frío.

Una tormenta repentina disolvió su figura y el rey cayó agotado en su trono.

El castillo guardó silencio. En el trono, el rey permaneció quieto, como si meditara en un sueño profundo. Una fina capa de hielo cubrió sus manos, y nadie volvió a escuchar su voz. Los que se quedaron junto a él aceptaron el mismo destino, sin temor, envueltos en el resplandor inmóvil del invierno.

El Castillo de Hielo comenzó a expandirse, congelando todo lo que tocaba. La nieve caía incesante desde las atalayas, y la temperatura descendió más que en los polos norte y sur. Pronto, toda la villa y sus alrededores quedaron petrificados por el hielo.

Se dice que la princesa aún duerme dentro de su sarcófago, joven y hermosa como siempre fue, esperando quizá que algún valiente la rescate… o que el sol, con sus rayos esplendorosos, rompa algún día el hechizo que el frío extendió sobre ella y sobre toda la villa.

Y si alguna vez llegas a acercarte a ese lugar, querido lector, abrígate bien y no toques ninguna rosa, pues podrías convertirte en una más de las frías flores del álgido jardín del Castillo de Hielo.

La Pluma

Esta es la historia de una niña. Una niña que carecía de la articulación de las palabras; su lenguaje era torpe, primitivo, casi cavernícola. Sin embargo, su mente era todo lo contrario: lúcida, inquieta y llena de un amor inusual por las letras. No las que se decían en voz alta, sino las que habitaban en su pensamiento.

En su interior, escribía sin descanso. Su cabeza era un cuaderno infinito donde las páginas se llenaban de palabras invisibles. Cuando conversaba con alguien, apuntaba todo mentalmente, como tinta sobre papel: fechas, direcciones, descripciones… todo quedaba anotado en su memoria con precisión asombrosa.

Ximena desarrolló este método desde muy temprana edad. No parecía importarle aprender a escribir con lápiz, pues ya lo hacía desde su interior. Como consecuencia, nunca aprendió a hacerlo sobre papel.

Cuando ingresó a la escuela, los maestros se quejaban constantemente de su actitud. La consideraban inepta para la primaria: no sabía sostener un solo lápiz, ni siquiera las crayolas. Cuando lo intentaba, sus dedos se volvían rígidos y se negaban a obedecer las instrucciones de los maestros, quienes, desesperados, terminaban por regresarla a su hogar.

Ella aprendía todo lo que se le enseñaba —las vocales, el abecedario, incluso reglas gramaticales— y lo guardaba en sus cuadernos mentales. Sin embargo, cuando le preguntaban algo, no podía articular palabra alguna, mucho menos conjugar. Murmuraba, balbuceaba y lograba ser escuchada, pero nadie entendía lo que decía.

Su problema —considerado así por la docencia— deterioró su relación con los compañeros. La insultaban, la llamaban retardada. Poco a poco se fue apartando de todos, cansada de las ofensas y las burlas. Finalmente, los maestros decidieron expulsarla por su falta de interés al no querer integrarse con sus compañeros y por negarse a tomar un lápiz.

Desde entonces, Ximena se refugió bajo un árbol de moras en el patio de su casa. Aquel árbol parecía comprenderla. Sus ramas se mecían suavemente cuando la niña leía, como si las hojas susurraran para acompañarla. Pasaba allí los días enteros, leyendo toda clase de literatura. Solo entraba a casa para comer y dormir. Cuando deseaba un libro nuevo, apuntaba hacia él y luego se señalaba a sí misma, agitada. Sus padres la entendían sin palabras; no podían hacer más. Intentaron con maestros particulares, pero nada parecía funcionar.

Cierta tarde, mientras leía tranquila bajo la morera, comenzó a escribir sobre la tierra con el dedo. Su tío

—hermano de su madre—, que había escuchado del problema que tanto angustiaba a su hermana, pasaba por el jardín y se detuvo a observarla. El hombre la miró con ternura, como quien ve algo que los demás no comprenden.

—Aquí tengo un obsequio para ti —le dijo, acercándose con una sonrisa.

La niña levantó la vista, curiosa y emocionada. El tío le entregó una pequeña cajita.

—Adentro hay una nota escrita junto con el obsequio —le explicó—.

No la abras hasta que realmente necesites escribir todos tus pensamientos, después se despidió porque debía viajar al día siguiente.

La niña, obediente, decidió respetar las instrucciones. Pero la curiosidad no tardó en vencerla. Una mañana, al despertar, corrió hacia la cajita. Salió al jardín y se escondió bajo la morera. La abrió con cuidado: dentro había una notita y una pequeña pluma, de color escarlata, adornada con polvos diminutos que destellaban a la luz. La nota explicaba que pertenecía a un ave mítica.

Tomó la notita y comenzó a leerla:

"Mi querido hijo: las palabras no bastan para expresar nuestras ideas. El árbol vive, y en él se escribe la historia. Mas no por eso deja de querer escribir la suya sobre nosotros. Esta pluma es un obsequio hermoso, con el que los cipreses de anchos troncos y longeva vida describían sus pensamientos. La tinta la tienes dentro, solo es cuestión de saber plasmar tus sentimientos."

La niña intentó escribir sobre la nota o dibujar, pero le fue imposible, la pluma no escribía. Pensó que su tío le había mentido. Muy triste, la guardó en un cajón junto a su cama y la ignoró durante varios días, volviendo a sus lecturas y a su soledad.

Durante una noche calurosa, Ximena sintió mucha sed, se levantó de su cama y fue a buscar un poco de agua para beber, la luz de la cocina estaba encendida; y escondida escuchó a sus padres discutir.

—¿Qué vamos a hacer? No quiere hablar —lloraba su madre.

—Quizá los maestros tenían razón —respondió su padre con voz apagada—. Perdemos el tiempo. Nunca hablará ni escribirá.

La niña, con el corazón oprimido, corrió a su cuarto, y comenzó a llorar sin cesar; las lágrimas caían como lluvia de sus ojos, abrió el cajón, tomó la pluma del ave mítica y la apretó contra su pecho, implorando al cielo que sirviera.

Entonces un resplandor estalló en la punta, la pluma comenzó a temblar, parecía que estuviese bailando y de ella brotó una tinta color escarlata, viva y palpitante. Ximena escribió con desesperación, mientras las lágrimas se mezclaban con la tinta. El aire de la habitación se tornó fresco con un suspiro leve, su cuerpo se volvió ligero, y un brillo cálido la envolvió; las letras comenzaron a elevarse del papel como si quisieran escapar del mundo, cuando la última palabra fue escrita, la niña cayó suavemente sobre la cama, envuelta en un resplandor que se fue deshaciendo poco a poco.

A la mañana siguiente, la madre fue a despertarla, era hora de desayunar; tocó la puerta varias veces, y no hubo respuesta. Forcejeó hasta lograr abrir. Sobre la cama, un ave color esmeralda, de alas escarlata y largo pico, la observaba en silencio, la madre, sobresaltada, la espantó con un aplauso, el ave se elevó y salió por la ventana, dejando una pluma sobre las sábanas. Insistía gritando el nombre e Ximena una y otra vez, pero solo el silencio invadió la alcoba. Buscó por toda la casa, por el jardín, debajo del árbol de moras, en el patio, por todos los lugares posibles llena de desesperación, pero la niña no estaba. Lo único que quedó de aquel día, sobre la cama de Ximena, fue un dibujo de un ave en una hoja de papel, con marcas de agua, como si fueran lágrimas secas que cayeron sobre la hoja.

Pasó el tiempo sin noticias del paradero de Ximena, sin embargo, una tarde mientras la madre cocinaba, escuchó el grito de su marido que venía del jardín. Corrió hacia él. El padre, asombrado, señalaba la morera donde su hija solía leer. En la corteza del tronco había pequeños puntos escritos por el pico de un ave que, unidos, formaban las palabras: "Padres, jamás pude decirles cuánto los amo. Su hija, Ximena."

Desde entonces, cada mañana, un ave se posa sobre la rama de la morera, y su dulce canto devuelve por instantes la alegría a los padres de Ximena.

La Granja de los Tolstoi

"Para mi sobrino Luis Genaro, nunca dejes de soñar."

La granja de la familia Tolstoi fue en su tiempo un llano desierto, infértil y escueto; no habitaba ser vivo en los alrededores. Pero cuando Juan Tolstoi admiró aquel vacío, supo desde el inicio que era exactamente lo que buscaba: un lugar en el cual creciese la siembra.

La gente del pueblo rumoraba que Juan había perdido los estribos después de la guerra civil.

—Ese hombre no tiene sentido común —decían algunos.

—El estertor de las batallas lo ha dejado colgado —decían otros.

Pero Juan era uno de esos tipos a los que no les importaban los rumores, por lo que decidió comprar aquella tierra.

Los Tolstoi no eran una familia numerosa. Juan se había casado con Jacinta Chejov, a quien conoció durante la feria del pueblo. Ella era el premio en un concurso de vencidas, aquel juego de fuerza en el cual Juan demostró, por mucho, que es mejor tener inteligencia, al hacerse de artimañas para vencer a sus oponentes, inclusive a quienes le doblaban en peso.

A Juan, desde muy pequeño, se le enseñaron las formalidades y reglas que debe cumplir un hombre en la sociedad; por lo que, a los tres días de tener a Jacinta, se comprometió con ella y se casaron en una pequeña capilla del pueblo. Después se fueron a una milpa, obsequio de bodas por parte de su padre.

Justo ahí, en esa milpa, comenzó su labor de agricultor. Y no era difícil, pues desde pequeño trabajó con su padre, por lo que sus labores eran casi mecánicas. Pronto la vida de Juan y Jacinta cambió con el nacimiento de Julián, y poco después, de Yolanda.

Juan tuvo que buscar de inmediato un lugar más grande donde pudieran vivir, por lo que pensó en comprar un terreno donde construir una casa. Buscó el lugar correcto para levantar un hogar, con espacio suficiente para trabajar la tierra donde dormiría, y sin dudar optó por comprar un terreno a las afueras del pueblo.

Cuando se terminó de construir la casa, Julián tenía seis años y Yolanda tres. A los niños les gustaba salir con su padre a jugar en la tierra, a imaginar campos repletos de diversión. Pero Juan les decía que esas tierras darían alimento algún día, por eso no debían maltratarlas.

La primera vez que Juan trabajó sobre las tierras fue una mañana despejada en la que el sol golpeaba fuertemente el suelo, haciéndolo calentarse. Para cuando Juan terminó de arar la tierra estaba exhausto, pero su ímpetu lo llevó a sembrar ese mismo día maíz y trigo. Su jornada de trabajo fue desde el amanecer hasta la medianoche; sin embargo, había logrado su cometido en tan solo un día.

La familia Tolstoi siguió trabajando en su nueva granja durante varios meses, pero la desilusión llegó a Juan cuando observó que el maíz y el trigo que había cultivado no rindieron frutos, ni siquiera crecieron un poco.

Juan dudaba de su decisión. Inclusive fue a ver a un amigo suyo, experto en agricultura, para comentarle lo acontecido. Su amigo fue a la granja para analizar el terreno y advirtió a Juan que vendiera todo y se fuera de ahí, que el terreno era infértil, que ahí no crecería ni siquiera lodo. Pero Juan no se daría por vencido tan fácil, por lo que agradeció a su compañero el consejo y regresó para arar sobre aquellas tierras, cultivando esta vez cebada y algodón.

Pasó el tiempo en la granja. Juan se dio cuenta de que la cosecha no brotó como él hubiese querido: tan solo se asomaban, de entre los surcos, pequeñas ramitas que el viento se llevó consigo. Juan comenzaba a pensar que los demás tenían razón, que no crecería en aquella tierra fruto alguno.

Una mañana, Jacinta Chejov despertó a Juan de su apacible descanso, informándole que se dirigiera pronto a la siembra porque, a lo lejos, observaba algo grande justo ahí. Juan se levantó apresurado, temiendo algún peligro, pero al irse acercando percibió que se trataba de un inmenso barco varado en la parcela.

Mientras buscaba explicación para lo que veía, pensando que se trataba de alguna broma, sus hijos Julián y Yolanda corrieron maravillados a contemplar aquel barco con enormes velas blancas, mientras conversaban emocionados que su deseo, por fin, se había cumplido: conocerían de cerca un barco pirata.

Y efectivamente, Juan rodeaba el barco observándolo detenidamente. Era un barco enorme de madera, con velas blancas y, en el mástil, una bandera negra con una calavera, tal como se describiría un barco pirata. Pero ¿cómo era esto posible? —se preguntaba Juan consternado—. Un barco pirata encallado en su terreno, y justo donde él cosechaba.

Sin más premura, subió a su tractor y lo enganchó. Los niños corrieron hacia su padre para decirle que no se lo llevara, puesto que ellos habían deseado durante varias noches conocer un barco pirata. Pero Juan no dio importancia a lo dicho y decidió desbaratar el barco para construir con la madera un granero cerca de su casa.

La semana siguiente, Jacinta despertó de nuevo a Juan justo cuando salió el primer rayo de sol, esta vez para decirle que escuchaba ruido de animales cerca de ahí. Juan, a prisa, corrió hacia la parcela, pero se detuvo asustado al ver dos jirafas, junto con dos cebras y un par de rinocerontes, simplemente ahí parados, esperando quién sabe qué cosa.

Juan creía que se trataba de alguna broma hecha por un amigo suyo, pero no encontró a nadie en los alrededores. Recordó que en el pueblo había un circo y decidió ir a preguntar si no habían extraviado algún animal. Los dueños del circo contaron varias veces a los animales enjaulados, dándose cuenta de que los animales de los que hablaba Juan no pertenecían a ellos.

Juan aquí vio un negocio, decidiéndose a vender aquellos animales. Esa misma tarde algunos trabajadores del circo fueron a la granja Tolstoi para capturarlos, lo cual no fue una tarea sencilla en lo que correspondió a los rinocerontes. Sin embargo, antes de anochecer, los tenían enjaulados y los trasladaron de inmediato al circo.

Cuando se fueron, los hijos de Juan advirtieron a su padre que ellos quisieron ir tanto al circo, pero como Juan, desde que adquirió la granja, había estado tan ocupado que no tuvo tiempo de llevarlos, le explicaron que habían deseado durante varias noches que ciertos animales del circo aparecieran cerca de ellos. Juan no pudo más que reír, prometiendo llevarlos algún día a verlos.

La situación de los Tolstoi comenzaba a llamar la atención de las personas en el pueblo, pues si se creía que Juan estaba desquiciado por haber comprado aquella desolada tierra, después de los rumores de lo que había acontecido en la granja de los Tolstoi, ahora se decía que estaba loco de remate.

Incluso Juan lo llegó a creer aquel día en que Jacinta, como de costumbre, lo despertó por la madrugada porque escuchaba unos ruidos extraños provenientes de las parcelas. Juan ya estaba resignado a encontrarse en alguna extraña situación; sin embargo, mantenía la esperanza de que no fuera nada que lo sorprendiese. Pero sí se sorprendió al encontrar, justo donde estaba el sembradío, un aeroplano oxidado con las alas rotas y el motor encendido.

Juan, desconcertado, buscó alrededor heridos, pensando seriamente en que el aeroplano debió contener algún piloto. Mas no fue así, ya que después de largo rato no encontró a nadie, solo a los pequeños Julián y Yolanda, que azorados contemplaban desde lejos la maravilla de la tecnología que en su granja había aterrizado.

Juan puso manos a la obra y, con su tractor, enganchó el aeroplano; después fue a venderlo a un adinerado del pueblo que se decía coleccionaba ese tipo de artefactos voladores. Al regresar a casa, sus hijos le cuestionaron sobre el aeroplano. Juan les explicó que le pertenecía a otra persona, pero los pequeños, angustiados, le confesaron a su padre que ellos desearon una noche anterior poder observar un aeroplano de cerca.

Nuevamente, como en las otras ocasiones, Juan incrédulo finalmente les dijo a Julián y Yolanda que, si era cierto lo que decían, desearan que creciese la siembra, porque de lo contrario, si no crecía, tendría que vender la granja para regresar al pueblo a vivir. Los pequeños le dijeron a su padre, cada uno a su manera, que él debía desearlo también, que necesitaba poner deseo en tal sueño.

Así que aquella noche los niños y Jacinta se fueron a acostar temprano, mientras Juan, debajo de un cielo oscuro y estrellado, se sentó afuera de su casa para ver la siembra, deseando con gran brío que creciese lo que había cultivado días anteriores.

Pronto comenzó a ver cómo de su cuerpo emanaba agua de color azul turquesa, que brillaba como si trajera consigo pequeñas chispas fulgurantes, esparciéndose por todo el sembradío. Atónito, observaba aquel flujo que desprendía su cuerpo. Esa noche, Juan durmió ahí mismo, sobre el arroyo de sus deseos.

El gallo temprano cantó. Juan abrió los ojos, se los talló para quitarse las lagañas y poder creer lo que veía: una siembra completa de su terreno. Cebada, maíz y trigo pululaban a su alrededor. Qué sonrisa se pintó en el rostro de Juan aquella mañana. Corrió a despertar a Jacinta y a sus hijos, quienes también, felices, observaban la cosecha de su granja.

Segó la siembra y ese mismo día vendió todo en el mercado del pueblo. Al regresar a casa entendió el mensaje que sus hijos le confesaron la noche anterior. Esa misma noche repitió la hazaña, y al día siguiente la siembra volvió a rendir frutos.

En unos cuantos días la granja de los Tolstoi era la granja más copiosa de toda la región.

Juan se dio a la tarea de compartirlo con sus amigos y con cualquiera que se atreviera a soñar en su granja. Hubo quienes se burlaron de él, por supuesto; sin embargo, hubo quienes lo creyeron, y pronto comenzaron a cumplir sus sueños.

Después, todo el pueblo asistía en turnos por las noches para dejarse llevar por sus deseos. Ellos mismos colocaron afuera de la granja de los Tolstoi un gran letrero en el que se leía lo siguiente:

"Bienvenidos a la granja de los Tolstoi. En esta granja se siembran sueños. Se tienen que regar a diario con agua que emana del interior del corazón: es el sudor del esfuerzo. No dejes que termine tu día sin haber crecido un poco, sin haber sido feliz, sin haber cultivado tus sueños."

La Niña de los Girasoles

En la plaza todo era algarabía. Las mujeres, con sus hijos, caminaban de un lado a otro saludándose y haciendo pausas para contarse los rumores más recientes del pueblo. Todo esto se suscitaba mientras llenaban sus canastas de alimentos con los que se disponían a preparar la comida en el hogar. Gatos persiguiendo ratones, perros persiguiendo gatos, lo natural ocurría en aquel lugar.

En el centro de la plaza había una fuente de piedra circular. En medio, se erguía una escultura en forma de cisne con el cuello completamente levantado y el pico alzado, del cual brotaba agua azul turquesa que, al caer, paseaba por el pecho del cisne y se desviaba por las alas abiertas hasta culminar en el fondo, donde la gente lanzaba monedas con el afán de pedir deseos

Este lugar era el favorito de Dolores, la niña que vendía flores; girasoles, por certidumbre. Todos los días se postraba ahí, con excepción de los domingos, durante los cuales se colocaba afuera de la iglesia al mediodía con su canastita repleta de girasoles. El sol, cuando golpeaba directo en la canasta, hacía ver a las flores como si fueran miel en pétalos. Llegaba temprano y se marchaba temprano: su jornada era el sol.

La pequeña, de cabello castaño, pestañas enormes y mejillas rosadas, poseía una sonrisa preciosa sin valor comparado. No pregonaba su venta, no gritaba lo que ofrecía; tan solo se acercaba a los melancólicos con voz dulce y melodiosa diciendo: —Permítame alegrar su día con un girasol y una sonrisa, que no hay cosa más divina que tener al sol agarrado del rabo.

Extendía su delicada mano con el girasol en ella y proseguía: —Si usted gusta ayudarme con la carga que sobrelleva el conseguir alimento, lo agradecería de corazón, y a cambio se llevaría este bello girasol.

Ese era su preludio y su final. Si lo aceptaban y no le daban dinero, no reprochaba; si le daban, agradecía. Eran muy pocos los que aceptaban el girasol, menos aun los que lo conservaban.

Un botánico devoto de la iglesia, de postura un tanto tímida y andar ansioso, al terminar su liturgia dominical salió rumbo a casa. En su trayecto se encontró con la niña de los girasoles, sonriente como de costumbre. Ella dejó salir su propuesta; el botánico la observó con asombro, metió la mano en el bolsillo, sacó tres monedas opacas y las intercambió por el girasol. La niña agradeció infinitamente.

El botánico prosiguió su camino. Creyó nunca haber visto un girasol tan resplandeciente, tan lleno de vida, tan alegre —pensó—. Llegó a casa, puso el girasol dentro de una vasija, lo colocó en la ventana que daba a la acera, se sentó a leer un poco, cenó y se fue a dormir.

El botánico daba clases en una universidad cercana, donde gastaba la mayor parte de su tiempo. Solo llegaba a casa por la noche a cenar y dormir.

Una mañana, al despertarse, percibió un olor desagradable. Se levantó, fue a abrir la ventana y quedó pasmado: el girasol, al cual no había regado, era enorme en comparación con su tamaño original. Sus pétalos parecían orejas de elefante amarillas; su corola, un cojín redondo aterciopelado; y su tallo fácilmente podría haber sido usado como bastón por un gigante.

La impresión fue profunda. El girasol gozaba de lozanía sin un solo cuidado. Lo tomó y lo ocultó dentro de su casa, lo cubrió con una manta y se dirigió a la universidad para estudiarlo. No encontró ninguna anomalía y lo dejó en el laboratorio.

Al día siguiente regresó y se dio cuenta de que el girasol había disminuido notablemente su tamaño. Triste, lo colocó en la ventana del salón de clases. Cuál fue su sorpresa cuando, al día siguiente, al entrar temprano al aula, el girasol nuevamente era inmenso. Lo llevó al laboratorio para estudiarlo una vez más, sin encontrar explicación alguna. Escrupulosamente se propuso conocer la razón de tal maravilla. Su único pensamiento estaba en la niña: ella era la clave del enigma.

Llegó el domingo. Fue a la iglesia y esperó ávido el momento de que finalizara el rito semanal. Salió en busca de la niña alrededor del templo, pero no la encontró. Tal era su inquietud que acudió al diácono con la intención de averiguar el paradero de la pequeña. Este le explicó que efectivamente recordaba a la niña, pero que no la había visto ese día. Le recomendó ir a la plaza del pueblo, cerca de la fuente del cisne, ya que solía verla por ahí. El botánico decidió ir al día siguiente.

Temprano, el botánico eludió su oficio para buscar a la pequeña. Llegó a la plaza y se dirigió a la fuente. Ahí, con una túnica blanca con rombos verdes y cargando su canasta, encontró a la niña. Se le acercó sin más demora, y fue al punto, preguntándole dónde conseguía esas flores. Desatinada pero feliz por la atención, la niña respondió que las traía de su casa, que en el patio las sembraba por la mañana y al día siguiente las segaba para venderlas.

El botánico, escéptico ante tal argumento, se opuso, dictaminando bruscamente que era imposible que las flores crecieran en un día. La niña, encogida de hombros y abrazando su canasta, le dijo que no era su intención ofenderlo, pero que su explicación era veraz.

El botánico quiso comprobarlo y se propuso acompañarla a su hogar, comprándole todas las flores para marchar rápidamente.

La llevó a una pequeña choza de madera con un cerco bajito que la rodeaba. En el jardín había hermosas petunias y caléndulas de color vivo; el resto era hierba. Dolores vivía con su abuela, quien trabajaba sin descanso. Fue la única que aceptó la tutoría de la niña después de la pérdida de sus padres.

Entraron por una puerta de madera podrida que rechinaba. Era una humilde morada: una habitación, una pequeña mesa con tres sillas, un comal y un cuadro colgado cerca de la mesa con un pan y un vaso de agua dibujados en él. Al fondo, una puerta conducía al patio. Dolores lo llevó allí, abrió la puerta y mostró un pequeño jardín de dos por dos metros. Le señaló que ahí cultivaba los girasoles. No había ninguno: aparecerían por la mañana, explicó.

El botánico le prometió volver al día siguiente para comprobar que lo que decía era verdad. Si así era, sería una maravilla.

Por la mañana se dirigió a casa de Dolores. Se le había hecho tarde: la intriga lo desveló. Llegó y tocó la puerta hasta que se asomó una viejecita envuelta en un chal. Preguntó qué se le ofrecía. Él comentó que buscaba a Dolores, la niña de las flores, porque quería ver su jardín. La abuela lo decepcionó asegurándole que Dolores se había ido a la plaza y volvería cuando bajara el sol.

Resolvió ir a la plaza nuevamente. La encontró muy feliz porque había vendido casi todos los girasoles; solo le quedaban dos. Le obsequió uno al botánico y prometió llevar otro a su abuela. El hombre volvió a preguntarle sobre la procedencia de las flores. Dolores lo observó como a un inocente y explicó que eran las que cultivó el día anterior, y que había sembrado más en la mañana, pero estarían listas cuando saliera el sol. El botánico insistió en acompañarla a casa.

Durante el camino, le explicó que era un amante de las plantas y profesor de botánica en la universidad. Al llegar, Dolores informó a su abuela que venía con el señor de las plantas. La anciana, asustada, lo reconoció como el hombre de la mañana. El botánico, justificándose, explicó su visita. Pasaron al patio. La tierra fina, pareja, con islas de césped, no daba señal de fertilidad. El botánico observó y preguntó si ahí estaban cultivados los girasoles. Dolores asintió, señalando con su pequeño dedo índice el corto tramo de jardín. El botánico se despidió prometiendo volver temprano para cerciorarse de una vez por todas.

Llegó temprano, poco antes de que saliera el sol, para arribar a la hora adecuada. Cuando tocó la puerta ya era de día. La abuela lo hizo pasar y le ofreció café. Mientras conversaban, Dolores se levantó del sueño y saludó al botánico, indicándole que la siguiera al patio. Al abrir la puerta, cayó en estupefacción: la parte antes tapizada de tierra parecía ahora una alfombra de girasoles.

Dolores comenzó a segarlos y colocarlos en su canasta. El botánico la ayudó, pensando que sería la tierra. Le pidió un poco para intentar sembrar en casa. Dolores aceptó.

Ya en casa, el botánico colocó la tierra en una maceta y metió una semilla de girasol. Pasaron días y apenas brotó un pequeño tallo débil, agachado, derrotado. —¿Qué haré mal? —se preguntó.

Él, un experto en plantas no podía hacer que su girasol creciera rápido ni que perdurara sin cuidados.

Decidió volver a casa de Dolores. Era temprano. La abuela lo pasó con confianza y le dijo que la niña estaba en el patio cortando girasoles. Al llegar, Dolores danzaba rítmicamente, tarareando una canción. El botánico la saludó. Ella, recién terminando de segar, devolvió el saludo. Desesperado, el botánico le comentó lo sucedido con su intento de cultivar un girasol tan hermoso como los suyos

—La semilla... todo está en la semilla —respondió ella con mirada profunda.

El botánico la observó mientras ella volvía a danzar. Tomó una red y, viendo al sol, perseguía sus rayos haciendo movimientos como si atrapara mariposas.

—¡Tengo una! —dijo.

Metió la mano en la red y sacó un polvo dorado brillantísimo. Sacudió el puño y se quedó con un granito. Se acercó al jardín y lo enterró. Lo siguió haciendo una y otra vez, hasta que el botánico, asombrado y dudoso, preguntó:
—¿Qué haces?
—Pues sembrando girasoles —respondió Dolores.
—¿Cómo? Si no estás sembrando nada —replicó el botánico.
—Le digo que siembro girasoles —repuso la niña.
—¿Y la semilla? —levantó la voz el botánico.
—Estos girasoles los siembro con rayos del sol. Atraparlos es difícil, solo hay que imaginar por dónde pasarán. Cuando atrapo uno con mi red, me aseguro de sacudir todo lo innecesario del rayo y dejar lo indispensable. Después los siembro en el jardín y confío en que crecerán. Al fin y al cabo, el sol no lo impedirá. Cuando no les da el sol, se ponen tristes; pero cuando les llega, crecen de felicidad—.
Con este discurso mantuvo en silencio al botánico hasta que terminó de sembrarlos. Dolores tomó su canasta y se dispuso a despedirse. El botánico, asombrado, se despidió también y se fue a casa pensando en cómo el creer es la semilla de la fecundidad.

El Arcoíris Gris

¿Por qué no tengo colores? —se preguntaba un arcoíris gris sentado sobre el risco de una montaña—. ¿Por qué veo el verdadero arcoíris, inmenso, arqueado y coloreado, que brinca ciudades, cierra el ciclo de la lluvia, de siete colores vivos, de siete virtudes? ¿Dónde puedo encontrarlos?

La montaña escuchó el lamento del acongojado arcoíris y se dirigió a él, proponiéndole que bajase a la villa a buscar por sí mismo lo maravilloso de los colores que deseaba adquirir. El arcoíris esperó que una tormenta se consumase y bajó por uno de sus hermanos arcoíris, deslizándose sobre su regazo, aterrizando en un lejano bosque a las afueras de la villa.

Después de sacudirse las ramas que lo aprisionaban, emprendió su camino hacia la villa. Cerca del lugar en que estaba se encontraban dos pequeñas ardillas peleando por una nuez; forcejeaban una con la otra con muestra de no ceder terreno sobre la bellota. El arcoíris se acercó lentamente.

—¿Cuál es el problema, amigas? —preguntó el arcoíris.
—Se quiere comer mi nuez —contestaron al mismo tiempo las dos ardillas. —No hay por qué pelear, hay más nueces que pueden comer. —Pero esta es la mía —nuevamente respondieron las dos. —Ardillitas, las nueces son brindadas

por la naturaleza, que les ha otorgado un don magnífico, el cual es compartir. Deben aceptar que todo el alimento es suyo, pero el compartir no está en todos; no sería justo que soltaran esa nuez. Por lo que les propongo la dividan y coman cada una la mitad. —Pero yo la agarré primero —respondió una. —No es verdad, yo primero —y de nuevo comenzó la lucha por la nuez. —¿Hay alguna solución? —preguntó el arcoíris gris. —Sí, la solución es que te metas en tus propios asuntos.

El arcoíris se retiró consternado por la situación de las ardillas, pero más no podía hacer. Un rayo de luz le golpeó la espalda, tiñéndolo de un color naranja.

Siguiendo una vereda angosta que daba a la villa, el arcoíris se encontró con un buey que jalaba fuerte una carreta llena de costales de arroz. Un hombre le azotaba seguido en el lomo, gritándole:

—¡Eaaaaaaa, eaaaaaaaaaa, más rápido!

El arcoíris se acercó al buey, que tenía una cara de agotamiento total.

—¿Qué pasa? —preguntó el arcoíris. —Lo que pasa es que este hombre que ves encima de la carreta no deja de azotarme. Llevo mucho peso en mi lomo; jalo y jalo, bajan y bajan, y esto nunca se acaba. —No te preocupes, querido buey, debes ser fuerte. Cuando llegues al granero te dejarán descansar; debes resistir. Además, un animal

exhausto duerme mejor con el cobijo de las estrellas. —¿Y tú cómo sabes? —preguntó el buey. —Porque el hombre también debe descansar. —Tienes razón; la utilizaré por lo menos. Jalaré más rápido entonces, para poder descansar.
El hombre en la carreta detuvo al buey, se bajó al mismo tiempo que llegaba galopando un caballo velozmente. Desmontó del caballo otro hombre, y se escuchó en voz alta cómo conversaban:
—Bueno, hasta aquí se acaba mi jornada, hermano; es tu turno. Recuerda que todavía falta traer cinco carretas más.
—Es verdad, creo que será una larga noche.
El buey volteó hacia el arcoíris diciéndole:
—En verdad soy un cretino por creer lo que me decías. Mejor lárgate, que si me queda fuerza te aplasto.
El arcoíris subió en la parte trasera del caballo y desapareció junto con el jinete. A lo lejos, el buey observó cómo un rayo de luz añil se incrustaba detrás del arcoíris.
El jinete llegó a un granero y se detuvo. El arcoíris bajó del caballo y se ocultó en un gallinero; ahí pasó la noche.
Por la mañana, un gallo de cresta prolongada inició su canto, despertando a todas las gallinas. El gallo entró al granero y, soberbio, les dijo:
—Hora de poner huevos.
El gallo se retiró y las gallinas se agruparon, comenzando entre ellas el cuchicheo. El arcoíris se acercó y escuchaba

los reclamos de las gallinas.

—Este gallo, ¿quién se cree? —Nos despierta y no nos deja descansar. —Siempre es lo mismo con él. —Deberíamos dejar de poner huevos para que lo cuelguen. Y así lo hicieron: las gallinas furiosas se negaron a trabajar ese día.

El gallo volvió al atardecer y sus ojos se sobresaltaron al ver que no habían puesto un solo huevo.

— Pero ¿qué pasa aquí? —dijo el gallo exaltado. —Que no pondremos huevos —gritó una gallina a lo lejos. —¿Pero por qué no? —replicó el gallo. —Nos tratas mal y nos gritas mucho —gritó otra gallina aún más lejos.

El arcoíris una vez más decidió intervenir.

—Compañeros, tiene que existir orden y deben ser cuidadosos en sus peticiones. —Sr. Gallo, debería tratar con más respeto a las gallinas; después de todo, el gallinero existe por ellas.

El gallo cambió sus ojos y agachó el pico, pensativo.

—Quizá he sido un poco brusco con ustedes... pero, si ponen huevos antes del anochecer, prometo que no volverá a suceder.

Las gallinas aceptaron, colocándose de nuevo en sus lugares, listas para poner huevos. El arcoíris sonrió, pensó que por fin había encontrado la solución y pasó la noche en el gallinero.

A la mañana siguiente, el gallo tempranito realizó su rutinario cántico. Las gallinas animosas se despertaron y esperaron a que entrara el gallo; el arcoíris también esperaba dentro.

El gallo entró y, con tono aún más soberbio que el día anterior, se dirigió a ellas:

—Hora de poner huevos. —Y por órdenes del granjero, aquellas que se nieguen a trabajar las correré a picotazos de la granja. —Así que ya saben: o trabajan o se las verán conmigo.

Molestísimo, tiró un picotazo a una gallina que estaba cerca y salió del granero.

Las gallinas parecían locas de rabia, pero no comentaron nada; tan solo se dedicaron a poner huevos esa tarde.

El arcoíris, desilusionado por la imprudencia del gallo —quien hizo caso omiso del consejo de ser cortés al dirigirse a sus amigas—, salió del granero aquella mañana y decidió emprender de nuevo su marcha hacia la villa. Un rayo violeta atinó en la espalda del arcoíris mientras se retiraba.

Al salir de la granja, se encontró con un zorro rojo, astuto e impaciente, rondando en las afueras.

El arcoíris se dirigió al zorro:

—Hola, Sr. Zorro. —Buen día. Disculpe, ¿ha visto usted algunas gallinas? —Claro, esto es un granero; deben estar en este momento trabajando. —Me parece excelente —dijo el zorro entrecerrando los ojos de manera sospechosa. —¿Por qué lo pregunta, si es que lo puedo saber? —cuestionó el arcoíris, curioso. —Porque no he comido en largo rato, y una gallina es lo mejor que puedo comer por hoy. —¿Comerla?

Pero ¿por qué habría de hacer eso, cuando la naturaleza le ha brindado tanto alimento? —Porque las gallinas son deliciosas; más si uno las caza. Ahí está la recompensa —dijo el zorro, orgulloso. —Sr. Zorro, no dudo del sabor de las gallinas, pero le propongo que intente por esta vez alimentarse de alguna fruta que encuentre por el bosque; después se sentirá mejor, se lo aseguro. —Tomaré en cuenta su consejo, arcoíris —le comentó el zorro divagando.

El arcoíris se despidió y prosiguió su marcha hacia la villa. Un color rojo alcanzó la espalda del arcoíris.

Había mucho sol esa tarde, por lo que se decidió a descansar debajo de un árbol. Mientras descansaba escuchó el sollozo de un ave. El arcoíris trepó por el tronco hasta llegar a un nido que pendía de una de las ramas del árbol; dentro del nido estaba un pajarillo.

—¿Por qué lloras, pajarillo? —Es que no sé volar. —Ah, pajarillo, debes estar tranquilo, tener paciencia y, sobre todo, la confianza de que algún día volarás.

El pajarillo dejó de llorar y sonrió.

—Tiene razón, señor Arcoíris; pronto aprenderé a volar. Solo debo tener confianza en que lo lograré. —Así es, pequeño —dijo el arcoíris, sonriéndole.

Cuando se despidieron, el pajarillo observó cómo una franja verde aparecía en el arcoíris.

El arcoíris continuó su peregrinación hacia la villa. En el camino, a las afueras de una cueva, se encontró con el zorro, boca arriba, con el estómago inflamado.

—Hola, Sr. Zorro, ¿disfrutó de mi consejo? —Comí manzanas de un árbol, y debo admitir que son suculentas… pero no pude controlar mis impulsos; tenía que comerme una gallina. —Más no puedo hacer por usted, Sr. Zorro; con su permiso, me retiro.

El arcoíris, un poco decepcionado, caminaba sin parar hasta que llegó a un camino empedrado. Observó un letrero que decía: "Bienvenidos a la Villa".

—He llegado —se dijo el arcoíris.

Al entrar a la villa vio a una persona encerrada en una jaula con unos perros a su alrededor. El arcoíris se acercó para saber de qué se trataba.

—Disculpen, compañeros, ¿por qué está encerrado ese hombre? —Porque ha cometido un delito —comentó uno. —Porque ha robado —comentó otro. —¿Y cuál es la causa por la que ha robado? —Él dijo al juez que por hambre.

—¿Y por eso se le castiga? —Así es. El hombre que comete un delito debe ser castigado; algunas veces nosotros aplicamos el castigo, atacándolo. —Pero ¿tener hambre es un delito? —Nosotros solo obedecemos las órdenes de nuestros amos; más no podemos hacer.

El arcoíris intentó abrir la jaula que apresaba al hombre, pero en vano fue su esfuerzo.

—Es mejor que te vayas, están por ponerlo en la horca —le comentó uno de los perros.

El arcoíris, desilusionado, se alejó del lugar y regresó a las afueras de la villa a meditar, mientras un color azul se dibujaba en su espalda.

—Este lugar es muy extraño; los colores que he buscado he intentado encontrarlos, mas no he podido convencer a los demás de adquirirlos. Es mejor volver por donde vine.

El arcoíris se sentó a esperar la lluvia, que no tardó mucho en llegar. Al consumarse, uno de sus hermanos se le presentó, ofreciéndose a llevarlo en su espalda. Regresó a sentarse triste en el risco de una montaña.

Pensativo se decía:

—No he logrado adquirir todos los colores. ¿Qué es lo que me falta?

A lo lejos divisó un pajarillo que volaba altísimo. Al verlo, se le acercó.

—Hola, señor Arcoíris. —Hola, pajarillo; veo que has logrado volar. —Gracias a su consejo lo he logrado. Pero ¿por qué se le nota a usted tan triste? —Porque los colores que he adquirido se han quedado en mí; no los he logrado pasar, y me falta uno. No sé dónde lo pueda encontrar. —Señor Arcoíris, usted me enseñó que hay que tener paciencia y que, más que otra cosa, hay que tener confianza en uno mismo.

El arcoíris, con una sonrisa, le dijo al pajarillo:

—He dejado algo en ti; has aprendido de mí. Debo tener la certeza de que cambiarán las cosas en la villa y sus alrededores. —Tiene razón, señor Arcoíris; no se dé por vencido.

El pajarillo se despidió y observó cómo un color amarillo se pintaba sobre la sonrisa del arcoíris.

El arcoíris, sentado sobre el risco, se dirigió a la montaña:

—He recuperado mis colores; es preciso que con ellos guíe a los demás.

La montaña le respondió:

—Una tarea ardua te espera, pero no te rindas; tus colores te han de ayudar.

El arcoíris se despidió de la montaña y descendió de nuevo por uno de sus hermanos, con la intención de regresar a la villa para pintar con lo maravilloso de sus colores a los demás.

FIN

Made in the USA
Coppell, TX
31 December 2025

65250947R00025